Willi Fährmann

Der Esel, der den König trug

Willi Fährmann

Der Esel, der den König trug

Brendow
Buch · Kunst · Verlag

Illustrationen von Birgit Bauer

Die Deutsche Bibliothek – CIP-Einheitsaufnahme

Fährmann, Willi:
Der Esel, der den König trug / Willi Fährmann. – Moers:
Brendow, 1998
(Edition C: M; 232)
ISBN 3-87067-736-8

ISBN 3-87067-736-8
Edition C, M 232

Einbandgestaltung: Kortüm+Georg, Agentur für
Kommunikation, Münster (Westf.)
Titelillustration: Birgit Bauer
Satz: Convertex, Aachen
Druck und Bindung: Ebner Ulm
Printed in Germany

Oft schon ist die Geschichte von der Geburt Jesu berichtet worden. Der Kaiser Augustus wollte das Volk zählen lassen. Jedermann mußte in die Stadt seines Vaters gehen. Dort wurde er in die Listen eingetragen. So waren auch Josef und Maria von Nazaret nach Betlehem gekommen. In jenen Tagen brachte Maria in einem Stall ihren Sohn zur Welt, draußen, weit vor den Toren der Stadt. Josef war bei Maria, als die Zeit sich erfüllte und die Stunde der Geburt gekommen war.

Auch von Ochs und Esel wissen wir. Mag sein, daß ihr warmer Atem die Nachtkälte vertrieb. Mag sein, daß ein Lächeln Marias den Tieren dankte. Schon lange, lange zuvor hatte es der Prophet Jesaja gewußt und gesagt.

Nicht der mächtige König der Tiere, der Löwe, nicht der stolze Adler, der Herr der Wolken und Winde, auch nicht der starke Bär, nein, ein einfältiger Ochs und ein junger Esel durften schauen, wie Gottes Sohn Mensch wurde.

Aber alles das ist ja hinlänglich bekannt. Vom Ochsen gibt es auch nicht viel mehr zu erzählen. Der ist bald zu seinem Herrn zurückgegangen. Er hat weiter den Pflug über die Äcker gezogen und wurde wieder und wieder vor schwere Karren gespannt. Manchmal in klaren Nächten hat er zum Himmel hinaufgeschaut und die Sterne angebrüllt. Aber die Engel sind ihm nicht mehr erschienen, und nicht noch einmal hat er den hellen Schein der Heiligen Nacht sehen können.

Ganz anders verhielt es sich mit dem Esel. Er war nämlich ein herrenloses Tier, ein Wildesel, der in den Bergen im Gelobten Land herumstreunte und bislang nichts Rechtes getan hatte. Öfter schon hatten Hirten versucht, ihn einzufangen und ihm das Zeichen ihres Herrn ins Fell zu brennen. Der Esel aber war schnell und scheu. Nie trat er in die Fallgruben, nie verfing er sich in ihren Schlingen und Netzen.

Als der Ochs am Weihnachtsmorgen mürrisch »Lebewohl« gesagt hatte, blieb der Esel zurück. Warum er das tat, das wußte er selber nicht.

Zuerst wollte er nur eine Weile bleiben und sehen, wie es mit den Leuten weitergehen mochte, die da im Stall Unterschlupf gefunden hatten.

Es wurde hell. Josef ging ins Freie. Wenn sie nicht frieren wollten, mußte er Holz für ein Feuer sammeln.

Der Esel fand, daß auch ihm ein bißchen Bewegung nicht schaden könne, und lief mit hinaus. Er scharrte mit seinen Vorderhufen und rupfte ein paar Halme trockenes Gras, blieb aber immer in Josefs Nähe.

Es gab viel dürres Holz in der Umgebung des Stalles. Bald hatte Josef einen ganzen Haufen davon zusammengetragen.

Mit einem Strick schnürte er die Äste zu einem Bündel. Das wollte er sich auf die Schultern laden. Da trat der Esel dicht zu Josef heran und berührte ihn sanft mit der Nase.

Josef nahm das Bündel und lud es dem Esel auf den Rücken. Der stutzte einen Augenblick. Er hatte zwar gelegentlich aus der Ferne gesehen, daß andere Esel schwere Packen schleppten, aber noch nie zuvor hatte eine Last seinen Rücken gedrückt.

»Bist ein gutes Tier«, sagte Josef und kraulte dem Esel das Nackenfell. Dann

nahm er ihn beim Ohr und führte ihn zum Stall zurück.

»Der Esel hat keinen Besitzer«, sagte Josef zu Maria. »Er trägt kein Brandzeichen. Er ist jung und kräftig. Wir könnten ihm einen Zaum anlegen und ihm unser Zeichen ins Fell brennen. Er kann uns gute Dienste leisten.«

Maria antwortete: »Der Esel ist freiwillig zu uns gekommen und hat uns geholfen. Willst du ihn zum Dank brennen und binden? Ob er bleibt oder geht, er soll es aus freien Stücken tun.«

Josef wunderte sich über diese Antwort, doch er ließ es dabei bewenden.

Dem Esel aber hatten Marias Worte gefallen. Er beschloß, zunächst einmal zu bleiben.

An den folgenden Tagen ging es ruhig zu. Zog eine Herde vorbei, dann schauten die Hirten in den Stall, füllten den Krug mit frischer Milch, und manchmal schenkten sie auch ein Stück Käse oder ein Fladenbrot. Josef machte sich nützlich. Er flickte hier einen Zaun aus, stellte dort einen neuen Stützbalken unter ein Dach, wie die Zimmerleute das eben können.

Aber dann kam jener Tag, den der Esel nie vergessen sollte. Das Gerücht war bereits bis zum Stall gedrungen. »Drei weise Magier, Könige gar, Sterndeuter aus dem Morgenland, ziehen von Jerusalem nach Betlehem hinaus«, sagten vorüberziehende Hirten.

»Was wollen Könige in dieser kleinen Stadt?« staunte Josef. Aber die Hirten zeigten auf einen hellen Stern, der einen funkelnden Schweif hinter sich herzog. Sie behaupteten, dieses Himmelslicht zeige den Königen den Weg zu einem neugeborenen Kind. Ein kahlköpfiger alter Hirte sagte leise und tat, als ob er ein Geheimnis verraten wolle: »Sie suchen den, der die Welt retten wird. Zuerst sind sie in Jerusalem bei König Herodes gewesen. Aber in den alten Schriften steht nichts von Jerusalem. Nein, da ist geschrieben: Du, Betlehem, bist nicht das letzte Nest unter den Städten des Gelobten Landes. Aus dir wird der Christus hervorgehen, der Heiland der Welt.«

»Das ist wahr«, bestätigten einige Hirten. »Der Engel hat's gesagt. Wir haben's gehört und gesehen.« Andere, die in jener Nacht die Tiere fernab von Betlehem gehütet hatten, glaubten ihnen nicht.

»Ausgerechnet jetzt!« riefen sie. »Ausgerechnet in Betlehem.« Und sie wandten sich von dem Alten ab.

Der Esel aber verstand den Alten und die Hirten gut. Jetzt ahnte er, warum in der Heiligen Nacht der Himmel seine

Tore geöffnet hatte; all der Glanz, die himmlischen Scharen, die herbeilaufenden Hirten, das alles fiel dem Esel mit einem Male wieder ein. Da spürte er, daß das Kind in der Futterkrippe ein besonderes Kind sein mußte. Ganz demütig ging er in den Stall und beugte seine Knie.

»Schon am hellichten Tag müde?« neckte Josef den Esel. Der aber achtete nicht darauf. Er betrachtete das Kind lange, und seine sanften Augen leuchteten im Dämmerlicht des Stalles. Dann aber fiel ihm voll Sorge ein, die Könige könnten den rechten Weg verfehlen und in der Stadt in den vornehmen Häusern nach dem Kind suchen. Hastig sprang er auf und lief den Trampelpfad entlang auf Betlehem zu.

»Wir hätten ihn doch anbinden sollen«, sagte Josef enttäuscht. »Es war ein schönes, kräftiges Tier.«

»Es wird ganz gewiß zurückkommen«, wußte Maria, aber das glaubte Josef nicht.

Weit draußen vor der Stadt traf der Esel auf die Königskarawane. »He«, rief er dem Kamel zu, das die Karawane anführte. »He, ich kenne den Weg. Nicht in der Stadt, nein, im Hirtenfeld liegt euer Ziel.«

»Aus dem Weg mit dir, du Miststück«, zischte das Kamel und schaute unter schweren Lidern hochmütig auf den Esel herab.

»Was ist? Warum stockt der Zug?« fragte ein weißes Kamel, das als zweites Tier ging und auf dem ein Negerkönig ritt.

»Der Pöbel versperrt die Straße«, antwortete das erste Kamel. »Will uns einen Rat geben, der neunmalkluge Esel. Will uns den rechten Weg zeigen.« Und die

Kamele hoben ihre Nasen noch höher und dachten daran, daß sie selbst es waren, die jede Karawanenstraße, jede Wasserstelle in Wüste und Weite viel besser kannten als alle anderen Geschöpfe.

Aber der Negerkönig rief: »Folge dem Stern!« Da lenkte der Kameltreiber tatsächlich sein Tier weg von der Straße nach Betlehem und trieb es auf den schmalen Eselspfad. Ja, als das Kamel ein wenig bockte, da schlug der Reiter sein Tier mit der Peitsche. Widerwillig folgte das Kamel dem Esel. Der aber war sicher, daß er sich nicht irrte. Denn das helle Licht am Himmel blieb genau über dem Stall stehen. Die Karawane war am Ziel.

Die drei Könige Kaspar, Melchior und Balthasar stiegen von den Reittieren, klopften sich den Staub aus den Kleidern und gingen in den Stall hinein.

Geschenke trugen sie in den Händen, Gold, Weihrauch und Myrrhe. Es wurde eng in dem Stall. Da blieb der Esel lieber draußen bei den Kamelen. Aber durch die Tür sah er es deutlich: Die Könige knieten an der Krippe, genau wie er selbst es kurz zuvor getan hatte.

Die Kamele waren jetzt ein wenig freundlicher zu dem Esel und fragten ihn: »Wir kennen überall Weg und Steg. Nie zuvor haben wir einen Esel nötig gehabt, der uns führte. Sag uns, wie kommt es, daß du den richtigen Weg wußtest und nicht wir?«

»Ich war dabei, als dieses Kind geboren wurde«, sagte der Esel. Und er erzählte den Kamelen eifrig alles, was in der Heiligen Nacht geschehen war.

Da wiegten die Kamele nachdenklich ihre Köpfe und dachten bei sich: Wieso hat das alles dieser dumme Esel erleben dürfen? Wieso nicht wir? Wir sind doch viel vornehmer und passen viel eher zu einem König.

Immerhin behandelten sie den Esel von nun an respektvoll. Damit er aber wissen sollte, welch weitgereiste und kluge Tiere sie waren, erzählten die Kamele bis spät in die Nacht hinein von ihren Reisen durch die weiten Wüsten der Welt von Babylon bis Arabien und Ägypten, von den Sandstürmen und von tausend anderen Gefahren, die sie bestanden hatten.

Genau beschrieben sie dem Esel die Karawanenwege, die Orte und Oasen. Das weiße Kamel, das den Mohrenkönig getragen hatte, sagte: »Die Oasen kennen wir ganz genau. Wer nämlich die Wasserstellen verfehlt, der muß verdursten. Die Geier fressen sein Fleisch, und das Gerippe bleicht in Sonne und Wind.«

»So ist es«, bestätigte König Kaspars edles, falbfarbenes Kamel. »Schließlich können wir nicht wie Mose Wasser aus dem Felsen schlagen.«

»Wasser aus Felsgestein?« fragte der Esel mißtrauisch und dachte, daß die Kamele ihn necken wollten.

»Du sagst es«, bestätigte das dunkelbraune Tier, das König Balthasar gehörte.

»Als Mose das Volk Israel aus Ägypten durch die Felswüste in das Gelobte Land zurückführte, da litten die Menschen großen Durst. Mose aber schlug mit seinem Stab gegen den Felsen. Frisches Wasser sprudelte heraus, so viel, daß alle trinken konnten. Sie nannten den Ort Massa und Meriba.«

Und wieder begannen die Kamele zu erzählen und beschrieben genau den Weg, den Mose gegangen war. Sie nann-

ten die Karawanenstraßen und die Rastplätze, die Oasen und die Brunnen. Der Esel prägte sich all das gut ein; denn nichts ist für einen wilden Esel wichtiger, als daß er sich in Berg und Tal, Wüste und Weideland gut auskennt.

Schließlich wurden die Kamele schläfrig und schlossen die Augen. Der Esel aber war hellwach, und all die Kamelgeschichten gingen ihm im Kopf herum. »Könnte doch auch ich wenigstens ein einziges Mal einen richtigen König auf meinem Rücken tragen«, seufzte er. »Ich würde gewiß alle Brunnen, alle Oasen sicher erreichen.« Und er flüsterte die Namen der blühenden Gärten mitten im Wüstenland vor sich hin.

Es war, als ob das weiße Kamel die geheimsten Gedanken des Esels gelesen hatte. Es schlug die Augen auf und sagte: »Esel von Betlehem, ich will dir eine

Weissagung machen. Du wirst eines Tages auf deinem Rücken den König der Könige tragen.« Das Kamel schloß seine Augen und schlief weiter.

Es muß schon gegen Morgen gewesen sein. Ein kühler Lufthauch wehte vom Meer her und kündigte den neuen Tag an. Der Esel kannte die genauen Zeichen der Morgenfrühe genau. Aber was war das für ein leises Geräusch, das er vernahm? Es klang wie ein fremdes Instrument. Eine ähnliche Melodie hatte er nur einmal zuvor in der Heiligen Nacht gehört.

All seine Sinne öffneten sich. Er sah einen Lichtschein wachsen. Der senkte sich auf die Könige nieder und ruhte dort eine Weile. Das Licht wurde so hell, daß er die Augen schließen mußte. Dann aber verklangen die Töne, und er öffnete seine Augen einen Spalt. Das Leuchten erlosch, und es war alles wieder so, wie der Esel es von vielen Nächten her kannte.

Der neue Tag kam von Osten her. Die Sonne ging strahlend auf. Die Kamele reckten und streckten sich und schüttelten den Schlaf aus dem Fell. Die drei Könige drängten zum Aufbruch.

»Wir werden König Herodes nun melden, wo wir das Kind gefunden haben«, sagte das weiße Königskamel. »Schließlich hat uns Herodes in Jerusalem darum gebeten«, erklärte das falbfarbene Tier.

»Ein gutes Futter hat es gegeben, als wir in Herodes' Ställen auf dem Weg hierher Rast gemacht haben«, schwärmte das dunkle Kamel und schnalzte vergnügt mit den Lippen, weil es voll Freude daran dachte, daß sie auf dem Heimweg ein zweites Mal in Jerusalem einkehren würden.

Es kam aber anders. Die Könige wollten nicht wieder zu Herodes zurück, sondern sie ließen sich nicht davon abbringen, auf einem geheimen Pfad das Land eilends zu verlassen.

»Ein Engel hat sie gewarnt«, erklärte der Esel den Kamelen. »Ich hab's gehört und gesehen.«

Darüber staunten die Kamele sehr. In ihren Ländern galten Esel nicht viel. Und hier hatten nicht die vornehmen Reittiere der Könige den Engel gesehen, sondern dem armen, verachteten Graupelz war dieses Glück widerfahren.

Als die Karawane in der Ferne verschwunden war, kehrte Ruhe ein. Der Esel dachte immer seltener daran, daß er doch eigentlich wieder ins Bergland und zu den anderen Wildeseln wollte. Er fühlte sich im Stall von Betlehem schon ganz zu Hause.

Deshalb erschrak er, als Maria eines Tages zu Josef sagte: »Es geht mir und dem Kind gut, Josef. Wir wollen nach Nazaret, in unsere Heimatstadt, zurückkehren.«

»Ja«, stimmte Josef zu. »Es wird Zeit, daß ich wieder in meine Werkstatt und an meine Arbeit komme.«

Also morgen, dachte der Esel und wurde traurig.

Mitten in der Nacht aber hörte er wieder das Klingen und Singen. Der Stall strahlte auf im Widerschein des Lichts. Auf Josef senkte es sich herab. Vor all dem Glanz mußte der Esel die Augen schließen.

Josef erwachte aus dem Schlaf, faßte Maria bei der Schulter und sagte zu ihr: »Wach auf, Maria! Heut nacht noch müssen wir aufbrechen.«

»Warum so früh?« fragte Maria.

»Der Engel hat's gesagt«, stammelte Josef. Als Maria ihn stumm anschaute, da fuhr er etwas ruhiger fort: »Ich hab's im Traum gesehen. Herodes sucht nach dem Kind. Er will es töten. Deshalb müssen wir nach Ägypten fliehen.«

Der Esel wußte, daß das keine Hirngespinste waren. »Herodes hat Angst vor diesem Kind«, sagte er zu sich. »Deshalb will er es von seinen Soldaten umbringen lassen.«

Aber dann schoß es ihm durch den Kopf, wie weit weg von Betlehem das Land Ägypten war. Die riesige Wüste Sinai mußte durchquert werden. Kannte Josef die Gefahren, wußte er die Wege, die Brunnen, die Wasserstellen? »Nie werden die drei allein heil nach Ägypten kommen«, sagte er zu sich.

Mit einem Mal war dem Esel klar, daß er den Stall und auch das Bergland zurücklassen mußte. Er entschloß sich, aus dem Gelobten Land mit nach Ägypten zu ziehen. Ihm hatten ja die Kamele den Weg genau beschrieben.

Vielleicht mußte er bis nach Ägypten gehen, wenn er einen richtigen König tragen wollte.

Viel gab es für Josef nicht zu packen. Maria hatte sich das Kind mit einem Tuch vor die Brust gebunden.

Da trat der Esel dicht zu Maria heran und scharrte mit dem Huf.

»Sieh nur, Josef«, sagte Maria. »Der Esel spürt unsere Not. Er will uns nicht verlassen.«

Josef freute sich, hob seine Frau und das Kind auf den Rücken des Esels, nahm Bündel und Wanderstab, und noch bevor es zu tagen begann, machten sie sich auf den Weg, dem fernen Land Ägypten zu.

Bei allem, was ihm die Kamele erzählt hatten – so schwierig hatte sich der Esel den Weg nicht vorgestellt. Viele Tage waren sie nun schon unterwegs. Sie hatten sich einer Karawane angeschlossen und alle Rastplätze und Wasserstellen sicher gefunden. Mehrmals waren sie erschöpft und gerade noch vor Einbruch der Nacht zu ihrem Ziel gelangt. Und dann gabelte sich der Pfad. Der Karawanenführer sagte, daß sie sich nun trennen müßten. Sein Weg führe ihn nach Arabien und nicht nach Ägypten.

An jenem Tag, als der Esel allein den rechten Weg finden mußte, sahen sie gegen Abend in der Ferne die Oase. Je näher sie kamen, um so deutlicher wuchs aus Einöde und Sandmeer ein herrliches Bild. Hoch ragten die Dattelpalmen in den Himmel, und im Abendleuchten glühte das Rot der Johannisbrotbäume.

Das Quellwasser mitten in der Wüste hatte ringsum einen üppigen Garten hervorsprießen lassen. Büsche und Bäume, Blüten und Früchte wuchsen dort in verschwenderischer Fülle.

Aber dann verwehrten ihnen wild dreinblickende Männer den Zutritt zu den Quellen.

»Das Wasser gehört uns!« schrie einer. Ein anderer rief: »Wo kämen wir denn hin, wenn wir jedes fremde, dahergelaufene Volk aufnehmen wollten?«

»Wir müssen an uns selber denken«, sagte ein dritter. »Das Hemd sitzt uns näher als der Rock. Seht zu, wo ihr bleibt.«

Und sie stachen mit ihren Speeren Löcher in die Luft.

Maria und Josef blieb nichts anderes übrig, sie mußten sich am Rande der Oase eine Lagerstatt suchen. Unter einer

Dattelpalme fanden sie einen Platz. In der Nacht warf der Baum viele Früchte herab. Er zeigte sich barmherziger als die Menschen.

Bevor sie in der Frühe weiterzogen, bat Josef die Männer inständig: »Laßt mich wenigstens diesen Esel tränken und meinen Sack aus Ziegenleder mit Wasser füllen. Sonst werden wir in der Wüste verdursten.«

Widerwillig ließen die Männer das zu. Die Quelle spendete reichlich Wasser, und die Wasserstelle war groß und bis an den Rand gefüllt.

Die Männer jedoch blickten finster drein, als der Esel in langen Zügen soff, und drängten Josef fort, obwohl sein Wassersack erst zur Hälfte gefüllt war. Als eine Frau mit einem Fladenbrot aus ihrem Zelt kam und es den Flüchtlingen zustecken wollte, da begannen die Männer lauthals zu schimpfen und jagten sie in das Zelt zurück. »Wenn ihr nicht schleunigst verschwindet, dann geht es euch schlecht«, drohten sie und schüttelten ihre Fäuste.

An diesem Tag ließen die Familie und der Esel die Sandwüste hinter sich. Der Weg wurde steinig und noch beschwerlicher.

Sie näherten sich dem Glutofen der Felswüste.

Am Abend fanden sie kein Wasser. Josef teilte den letzten Rest aus dem Wassersack. Der Esel befeuchtete nur sein Maul, obwohl der Durst ihn arg plagte.

Schon früh am Morgen ging es weiter. Sie fühlten sich matt und müde und kamen nur langsam vorwärts. In der Mittagshitze suchten sie unter einem Felsvorsprung ein wenig Schatten.

»Ich habe Durst«, sagte Maria. Josef hockte sich niedergeschlagen auf den Boden.

»Vielleicht finden wir gegen Abend eine Wasserstelle«, sagte er und versuchte, Maria Hoffnung zu machen. Aber selbst dem Esel klang das nicht sehr überzeugend in den Ohren.

Sie schleppten sich weiter. Als der Tag sich neigte, da war von Wasser weit und breit nichts zu sehen. Öde und feindlich zeigte sich das Gestein, keine Flechte, kein Moos, nur nackter, heißer Fels.

»Das ist das Ende«, flüsterte Josef verzweifelt. Maria glitt vom Esel auf die Erde und suchte Halt an einer Felswand. Der Esel ließ seinen Kopf tief hängen und zitterte vor Erschöpfung. Seine Kehle war ausgetrocknet, und ihm klebte die Zunge am Gaumen. Sicher, die Kamele hatten es vorausgesagt, daß der

Weg durch die Felswüste fürchterlich sei. Aber was er nun durchleiden mußte, das übertraf die schlimmsten Befürchtungen.

Und ich soll einen König auf meinem Rücken tragen, dachte der Esel, und er wurde wütend auf das weiße Kamel. Das Tier streckte sich auf dem Boden aus. »Jetzt kann ich das Volk Israel verstehen«, murmelte der Esel. »Kein Wunder, daß die Menschen murrten und mit Mose unzufrieden waren, als er sie durch diese Einöde führte.«

Eine Weile lag der Esel wie betäubt und konnte keinen klaren Gedanken fassen. Dann aber fiel ihm ein, daß Mose ja mit seinem Stab gegen den Felsen geschlagen hatte und daß das Wasser aus dem Stein hervorgequollen war. Der Esel nahm seine Kräfte zusammen, raffte sich auf und trottete dicht an die Felswand heran. Hart schlug er mit dem Hinterhuf gegen den Stein. Kein Wasser drang heraus.

Er hat vor lauter Durst den Verstand verloren, dachte Josef und versuchte, das Tier von der Felswand wegzuziehen. Der Esel aber sträubte sich und trat wieder und wieder gegen den Fels.

Da geschah es. Der Stein färbte sich zuerst dunkel, wurde dann feucht, und endlich drängten sich tausend und abertausend glasklare Wassertropfen durch Spalten und Poren und flossen zusammen zu einem Rinnsal. Immer mehr Wasser sprudelte aus dem Felsen hervor. Sie tranken sich satt. Vorsorglich füllte Josef seinen Ledersack, bis kein Tröpfchen mehr hineinpaßte. Dann sanken sie in einen tiefen Schlaf. Gegen Morgen träumte der Esel von den Königskamelen, und er sah in vielen Bildern den Weg nach Ägypten deutlich vor sich.

Die ersten Sonnenstrahlen weckten sie. Unaufhörlich sprudelte der Quell aus dem Felsen. Ein Wasserloch hatte sich bereits gebildet. Ein grüner Schimmer von sprossenden Pflanzen lag wie ein zarter Flaum um Quelle und Tümpel. Sie tranken, und es schmeckte köstlich.

Josef breitete die Arme weit aus und lobte Gott:

»Du hast in der Wüste den Felsen gespalten,
und wie aus sprudelnder Flut uns reichlich getränkt.
Bäche hast du aus Steinen entspringen lassen,
und wie ein Strom kam das Wasser hervor.«

Maria tätschelte den Esel und sagte: »Wir sollten die Quelle nennen: ›Gott hilft durch einen Esel.‹«

Für einen Augenblick trug der Esel seine Nase so hoch wie ein Königskamel. Aber Hochmut bekommt auch keinem Graupelz gut. Er achtete nicht darauf, wohin er trat, und landete unversehens in dem Tümpel.

Erschrocken kletterte er heraus und schüttelte sich, daß die Wassertropfen aus seinem Fell sprühten und wie kleine Diamanten in der Morgensonne funkelten.

Vier Tage später erreichten sie die Grenze Ägyptens. Je weiter sie ins Land hineinkamen, um so mehr staunten sie über den Reichtum der Bewohner.

Breite, gepflasterte Straßen hatten diese angelegt und hohe Häuser gebaut. Weit streckten sich fruchtbare Felder, und mitten durch die Ebene floß der mächtige Nil. Sein Wasser bedeutete Leben und Segen für die ganze Gegend.

Sie gelangten in eine Stadt, die überquoll von Bäumen und Früchten. Schmale Kanäle liefen an den Straßenrändern entlang, durch die Wasser unentwegt strömte. Händler boten mit lautem Geschrei herrliche Früchte an, Früchte, die der Esel nie zuvor gesehen hatte.

»Hier gefällt es mir«, sagte Maria.

Josef wollte fragen, ob es nicht irgendwo in der Stadt Arbeit für einen geschickten Zimmermann gebe. Aber niemand verstand seine Sprache. Die Männer, die er ansprach, zuckten nach wenigen Augenblicken die Achseln und ließen ihn ratlos stehen.

Da hat es unsereins doch besser als die Menschen, dachte der Esel. Auf dem Markt standen viele seiner Genossen, an Eisenringe gekettet.

Er trat zu ihnen heran und fragte sie: »He, Brüder, wir suchen einen Zimmermann, der einen tüchtigen Gehilfen gebrauchen kann.«

»Geh nicht zu dem in der Hafengasse«, warnte ein alter Esel mit einem zottigen, ungepflegten Fell. »Der prügelt dich mit einem Kantholz, und zu fressen bekommst du auch nichts Rechtes. Ich weiß, wovon ich rede.« Und er leckte seine Narben.

»Und auch nicht zu dem in der Straße der Isis«, sagte ein anderer. »Bei dem hält es kein Zimmermann länger als eine Woche aus. Kein Esel und kein Mensch können dem etwas recht machen.«

»Gibt es denn keinen Meister in der Stadt, von dem ihr mir etwas Gutes erzählen könnt?« fragte Josefs Esel verwundert.

Da trat ein hellhaariger Esel zu ihm heran, kaum älter als der Esel von Betlehem selber, und sagte: »Ich wüßte einen

Mann für euch. Das ist der Meister, der seinen Holzplatz bei den Feigengärten hat, draußen am Rande der Stadt. Wenn er euch brauchen kann, werdet ihr's gut bei ihm haben.«

Er deutete mit dem Kopf auf die Straße nach Alexandria zu. Leise und traurig sagte er: »Mich hat er leider voriges Jahr verkaufen müssen. Mein neuer Herr ist wie die meisten Ägypter. Von Eseln halten sie nicht viel.«

»Was sollen wir tun?« fragte Josef seine Frau. »Sie verstehen unsere Sprache nicht.«

»Sie sind nicht unfreundlich«, sagte Maria. »Aber kein Mensch hat Zeit in dieser Stadt. Sie hetzen und hasten und haben kein Auge für Menschen auf der Flucht.«

Der Esel wollte nicht warten, bis die beiden zu einem Entschluß gekommen waren. Er trabte los. Josef mußte sich sputen, wenn er mitkommen wollte.

»Wer weiß?« lachte Maria, »vielleicht kennt unser Graupelz auch hier den richtigen Weg.« Sie hatte das nur im Spaß gesagt und staunte nicht wenig, als der Esel vor einem Holzplatz stehenblieb.

Von dem Platz her schrillten die Sägen. Das klang gut in Josefs Ohren. Er schaute Maria an und sagte: »Was meinst du?«

»Versuchen können wir es ja«, antwortete sie.

Auf dem Holzplatz war ein kräftiger Mann dabei, mit einer schweren Axt und eisernen Keilen einen Stamm der Länge nach zu spalten. Der Schweiß rann ihm von der Stirn. Als Josef näher kam, ließ er die Axt sinken und fragte etwas.

»Ich kann dich nicht verstehen«, sagte Josef.

Da lachte der Mann und fuhr in der Sprache der Israeliten fort: »Aha, ihr kommt aus Galiläa.«

Maria und Josef waren überrascht, daß er sogar die Landschaft erraten hatte, aus der sie stammten. »Ich war lange Jahre in eurem Land«, erklärte der Ägypter.

Da erzählte Josef ihm, warum er aus Betlehem in Judäa geflohen war und daß er im Traum den Befehl erhalten habe, nach Ägypten zu ziehen.

»Und nun suchst du Arbeit und Brot«, sagte der Ägypter und zeigte auf einen Mann, der auf sie zukam. »Das ist unser Meister.«

Der Mann war in Josefs Alter. Er ließ sich erklären, was die Fremden wollten. »Er fragt, ob du ein tüchtiger Zimmermann bist«, übersetzte der Arbeiter. Josef antwortete nicht, ließ rasch sein Bündel zu Boden gleiten und griff nach der Axt.

Er tat wenige, wuchtige Schläge, setzte die Keile tief in die Spalten und trieb sie tiefer in das Holz. Da ächzte der Stamm und fiel in zwei Hälften auseinander.

Der Meister schlug Josef auf die Schulter. Das erste Wort, das Josef und Maria in der fremden Sprache verstanden, hieß »Ja«.

So fand Josef Arbeit. Auch ein Haus bot der Zimmermann der Familie als Wohnung an. »Du zahlst mir den jungen Esel dort als Mietpreis, und du magst in dem Hause wohnen, solange du willst.«

Vielleicht hätte Josef das Tier hergegeben, aber Maria sagte: »Der Esel gehört zu uns, aber unser Besitz ist er nicht. Er ist aus freien Stücken mit uns gekommen. Ohne ihn wären wir in der Wüste verloren gewesen. Er ist ein Geschenk Gottes. Niemals dürfen wir ihn verkaufen.«

Als der Ägypter hörte, daß der Esel Wasser aus dem Felsen geschlagen hatte, da ging er um ihn herum und betrachtete ihn von allen Seiten.

»Esel ist Esel«, sagte er schließlich. »Es ist nur recht, wenn ihr ihn für das Haus zahlt, das ich euch geben werde.«

»Es geht nicht«, antwortete Josef. »Er hat uns den Weg zu dir gewiesen. Von Betlehem jenseits der Wüste bis zu dem Holzplatz hat er uns geführt. Wir können ihn nicht hergeben.«

»Und nie zuvor ist er mit einer Karawane den Weg nach Ägypten gezogen, hat trotzdem die Pfade nicht verfehlt und die Wasserstellen gefunden?« fragte erstaunt der Meister.

Josef nickte. Der Ägypter schüttelte verwundert den Kopf und begann zu glauben, daß dieses Tier ein Geschenk des Gottes der Israeliten war.

»Er könnte ja auch für dich arbeiten«, bot Josef an. »Du behältst den Eselslohn als Miete für das Haus und brauchst dich um Stall und Futter nicht zu sorgen.«

Der Ägypter stimmte zu und gab Josef und dem Esel Arbeit und Unterkunft. Er hatte gut daran getan; denn sein Geschäft wuchs und gedieh.

Maria und Josef lernten immer besser, sich mit den Menschen im fremden Land zu verständigen. Das Kind tat bald die ersten Schritte ohne fremde Hilfe.

Maria achtete darauf, daß es die Sprache seiner Väter sprach. Denn so gut es ihnen in Ägypten auch gehen mochte, sie sehnten sich doch nach Nazaret zurück. Sie wünschten, die Verwandten im Gelobten Land wiederzusehen, mit ihnen und den Nachbarn die alten Lieder zu singen und im festlichen Zug mit Freunden nach Jerusalem zu wandern und hinzuziehen zu dem mächtigen Tempel ihres Gottes. Wenn sie nach getaner Arbeit auf dem Dachgarten ihres Hauses saßen und die Abendkühle genossen, erzählte Maria immer wieder die Geschichte ihres Volkes und die großen Heilstaten Gottes.

Der Esel stand im Hof und lauschte jedem Wort. Trauer zog ihm dann und wann durchs Herz, und er dachte an seine Gefährten in Betlehems Bergland. Manchmal fiel ihm auch die Weissagung des weißen Königskamels ein. Doch so recht mochte er nicht mehr daran glauben, daß er statt Balken und Baumstämmen einen König tragen sollte.

Einmal herrschte große Aufregung unter den Menschen in der Stadt am Nil. Auf den Plätzen und in den Straßen war ein emsiges Treiben. Die Häuser wurden neu geweißt, die Fensterläden frisch gestrichen, und alles wurde festlich herausgeputzt. Es hieß, der Herrscher des Ägypterreiches fahre mit seinem Königsschiff nilaufwärts und wolle einen Tag und eine Nacht in der Stadt verbringen. Ob das der König ist, den ich ..., dachte der Esel, aber er verwarf den Einfall wieder und lachte über sich selbst.

Der Herrscher kam wirklich. Ein riesiges, prächtiges Schiff erschien in der Biegung des Nils, von hundert Ruderern gegen den träge dahinfließenden Strom getrieben. Viel Volk drängte sich am Hafen, um die Ankunft nicht zu verpassen. Der Esel hatte abseits des Getümmels einen Holzbalken auf ein Lastschiff schleppen müssen. Aus einiger Entfernung sah er zu, wie das herrliche Schiff an der Kaimauer festmachte. Jubel aus tausend Kehlen klang bis zu dem Esel herüber, als sich der Herrscher auf einen stolzen arabischen Schimmelhengst heben ließ und durch die Hauptstraße der Stadt ritt.

»Wer bin ich denn«, sagte der Esel bitter zu sich selbst, »daß ich einen König auf meinem Rücken tragen darf? Das weiße Kamel hat sicher nur einen Scherz mit mir dummem Esel machen wollen.«

Die trüben Gedanken begleiteten den Esel bis in den Schlaf. Im Traum sah er sein Bergland. Er streifte mit seinen Gefährten umher, daß es eine Lust war. Der Mond war bereits jenseits des Nils untergegangen und hatte seinen silbernen Glitzerschleier mitgenommen, den er über das Wasser geworfen hatte. Es war die Stunde, in der die Nacht am finstersten ist. Da erwachte der Esel, und es war ihm, als ob ihn jemand gerufen hätte. Und da, nach langen Jahren endlich, sah er wieder das Licht und hörte das leise Singen und Klingen der wundersamen

Musik aus der Höhe. Das Strahlen strömte zusammen zu einem Lichtkreis. Der Esel wurde geblendet und mußte die Augen schließen.

Als er schließlich wieder unter den Lidern hervorblinzelte, sah er gerade noch den letzten matten Schimmer des Lichts hinter den Dächern zerfließen.

Es überraschte ihn nicht, daß Josef am nächsten Morgen damit begann, sich für die Reise in die Heimat zu rüsten.

Zum Abschied aus Ägypten wurde ein Fest gefeiert. Die Zimmerleute vom Holzplatz, der Meister und die Nachbarn waren Gäste bei Maria und Josef. Bei allen bedankte sich Josef, weil sie damals den fremden Flüchtlingen ihre Türen und Herzen nicht versperrt hatten.

»Es war wie ein Wunder«, schloß Josef seine Rede, »wir kannten kein Wort eurer Sprache und fanden doch den

Holzplatz am Rande der Stadt. Es ist wirklich wie ein Wunder.«

Wenn der wüßte, dachte der Esel und verzog seine Lippen, daß die Zähne zu sehen waren. »Der Esel lacht«, scherzte ein Zimmermann, als er das sah.

»Er freut sich, daß es heimwärts geht«, sagte Maria.

Beim Morgengrauen brachen sie auf. Vor der Wüste fürchtete sich der Esel nicht mehr. Sie kamen nicht vom Wege ab und fanden die Wasserstellen. Die Quelle »Gott hilft durch den Esel« floß immer noch reichlich. Ein Kranz von saftigem Grün war rundum gewachsen. Einige Dattelpalmen waren schon so hochgeschossen, daß Josef ihre Kronen nur noch mit Mühe fassen konnte. Sie blieben an diesem Ort zwei Nächte und einen Tag. Als sie an der letzten größeren Oase Rast machten, da hörten sie es von den Hirten: Herodes war in Jerusalem gestorben.

»Es ist mir bereits im Traumgesicht in Ägypten gezeigt worden«, sagte Josef. Er wandte sich an Maria und sprach leise zu ihr: »Nun trachtet niemand mehr dem Kind nach dem Leben.«

Was die Hirten aber von Archelaus, dem Sohn und Nachfolger des Königs Herodes, gehört hatten, das war nicht viel Gutes und machte Maria und Josef Angst.

Ein Hirte sagte: »Er ist genauso schlimm wie sein Vater. Der Apfel fällt nicht weit vom Stamm.« Und die anderen Hirten nickten dazu.

»Wir wollen sichergehen«, sagte Josef. »Die Straßen nach Betlehem und Jerusalem wollen wir meiden. Wir werden durch die Berge nach Galiläa ziehen.«

So machten sie es auch und erreichten nach vielen Jahren endlich wieder die Stadt Nazaret. Das war ein Fragen und Antworten, ein Erzählen und Zuhören, als die Verwandten und Freunde zur Begrüßung herbeiliefen.

Der Esel aber stand abseits. Er kannte doch niemand in der Stadt Nazaret. Und wie sollte er in diesem kleinen Nest je einen König zu Gesicht bekommen, geschweige denn einen mächtigen Herrscher auf seinem Rücken tragen? Auch lockte es ihn, mit seinesgleichen endlich einmal wieder durch das Bergland zu streifen.

Er schmiegte sich noch einmal an das Kind und ließ sich von Maria hinter den Ohren kraulen. Josef tätschelte ihm den Hals und sprach zu ihm: »Wer weiß, Graupelz, wohin wir ohne dich gekommen wären.«

Der Esel wußte, sie würden traurig sein, wenn er am Morgen nicht mehr im Hof stand. Aber er erinnerte sich an Marias Worte: »Er ist freiwillig gekommen. Ob er bleibt oder geht, er soll es aus freien Stücken tun.«

Im Bergland bei Betlehem traf er auf seine Eselsgefährten, die er vor Jahren verlassen hatte. Immer wieder mußte er von seiner Wüstenlandschaft, vom Wasser aus dem Felsen und vom fernen Land am Nil erzählen. Seit dieser Zeit nannten sie ihn in der Herde den »Ägypter«.

Weil nun ein Esel in seinem Alter keineswegs alt ist, fand er auch bald eine Eselin, die ihm gefiel, und er gefiel ihr. Als gar junge Esel heranwuchsen, da sprach der »Ägypter« auch einmal zu seiner Eselin davon, was ihm damals vor dem Stall in Betlehem von einem weißen Königskamel vorausgesagt worden war:

Auf seinem Rücken werde er den König der Könige tragen.

Da wußte die Eselin den Grund, warum der »Ägypter« immer wieder von der Stadt Jerusalem angezogen wurde und dort ein um das andere Mal in der gefährlichen Nähe der Menschen herumschlich.

»Du kommst in die Jahre, Ägypter«, lachte sie. »Du beginnst die schönen Träume für bare Münze zu nehmen.«

Die Jahre vergingen. Nichts Besonderes ereignete sich. Bis der Esel einmal mehr auf Jerusalem zutrabte. Neben ihm lief ein junger Esel. Der »Ägypter« war zufrieden, daß er nicht allein den Weg gehen mußte. Diesmal wagten sie sich zu nahe an die Menschen heran. Zu nahe. Männer warfen Schlingen nach den wilden Eseln. Der »Ägypter« kannte alle ihre Schliche und entkam. Nicht aber der junge Esel. Er wurde gebunden und an einem Strick fortgeführt.

Von fern folgte ihm der »Ägypter«. Er machte sich Vorwürfe und sagte zu sich: »Ich habe viel Not und Kummer erleben müssen. Und nun wird mir noch in meinen alten Tagen das Eselsfüllen weggefangen.« Es war ihm jetzt gleichgültig, ob sie auch ihn packen würden. Aber wer will schon einen alten Esel? Vor einem Haus wurde das Füllen fest an einem eisernen Ring angeseilt. Da traten zwei Männer heran, schauten sich den jungen Esel genau an und begannen damit, den Strick zu lösen.

Der Mann, der das Tier eingefangen hatte, stürzte aus dem Haus und schrie: »Was macht ihr da? Warum bindet ihr mein Tier los?«

Da antworteten die Männer: »Der Herr braucht den Esel.«

»Das Füllen hat aber noch nie etwas auf dem Rücken getragen«, wandte der Mann ein.

»Wir werden den Esel zurücksenden«, sagten die beiden. Da ließ der Mann sie gewähren. Das Füllen wurde davongeführt.

Ganz locker hielten die Männer den Strick, und es wäre für den jungen Esel ein leichtes gewesen, sich loszureißen und davonzulaufen. Nichts dergleichen schien ihm in den Sinn zu kommen. Willig und friedlich schritt er zwischen den Männern her.

Sie gingen durch das Stadttor und auf Betfage am Ölberg zu. Der »Ägypter« folgte ihnen. Schließlich trafen sie auf den, der nach dem Eselsfüllen verlangt hatte. Der »Ägypter« schätzte ihn auf knapp über dreißig Jahre. Eine große Ruhe ging von ihm aus. Irgendwie kam ihm der Mann bekannt vor. Der Esel drängte sich näher an ihn heran. Er spürte, daß er nichts zu befürchten hatte. Der Esel spitzte die Ohren und horchte genau hin, was die Menschen, die am Wege dicht beieinanderstanden, über den Mann redeten.

»Ist das nicht der Sohn des Zimmermanns aus Nazaret?« fragten ein paar Galiläer, die neugierig die Hälse reckten.

»Er ist ein Prophet. Seht selbst, seine Jünger stehen bei ihm«, rief einer aus der Gegend von Betanien und schüttelte den Kopf über die hergelaufenen Leute aus Galiläa.

Einer aber beharrte darauf, daß dieser Mann aus Nazaret stammte. »Ich kenne ihn aus meiner Kindheit«, behauptete er. »Das ist Jesus. Sein Vater ist der Zimmermann Josef, und seine Mutter heißt Maria.«

»Was machen sie mit ihm?« fragte der aus Betanien und stellte sich auf die Fußspitzen.

Der »Ägypter« sah, was da geschah. Einige Jünger legten ihre Obergewänder auf den Rücken des Füllens und hoben Jesus hinauf. Jetzt konnte der Esel ganz deutlich das Gesicht sehen. Wie Schuppen fiel es ihm von den Augen. Das war der Jesus, den er in der Krippe mit seinem Atem gewärmt hatte; der auf seinem Rücken durch die Wüste nach Ägypten geritten war; den er als Knaben vom Nil nach Nazaret getragen hatte.

Die Menschen drängten sich inzwischen an den Straßenrändern. Sie jubelten Jesus zu. Einige breiteten ihre Kleider auf dem Straßenpflaster aus, andere rissen Zweige von den Bäumen und winkten damit und streuten Blätter und Blüten auf den Weg. Das Füllen ging

ganz ruhig, von keinem Strick mehr gehalten.

Freiwillig, dachte der »Ägypter«, genau wie ich selbst damals.

Rufe schallten aus der Menge auf:

»Hosanna dem Davidsohn.«

»Gepriesen sei, der da kommt im Namen des Herrn!«

»Hochgelobt werde der König der Könige.«

Wie vom Blitz getroffen wurde der »Ägypter« von diesem Wort. Da hatte er fast 33 Jahre lang auf die Erfüllung der Weissagungen gewartet. Und nun mußte er erkennen, daß sich alles längst ereignet hatte, was ihm das Königskamel einst vorausgesagt hatte. Er, der wilde Esel auf Betlehems Bergen, hatte den König der Welt getragen. Durch die Wüste Sinai bis zum Nilstrom. Oft und oft hatte Josef im Ägypterland den Knaben auf dem Eselsrücken reiten lassen. Und auch den weiten Weg zurück nach Nazaret ins Gelobte Land – ein König auf seinem Rücken. Da erfüllte den Esel eine große Freude. Er stieß einen lauten Jubelschrei aus. Jesus ritt dicht an ihm vorbei, und der rote Mantel streifte seinen Kopf.

Der Esel war voll von Glück. Als Jesus durch das Stadttor nach Jerusalem hineinritt, da rannte der »Ägypter« los, als ob er schon wieder jung geworden sei und nicht schon so viele Jahre auf dem Buckel habe. Die Eselin hörte ihm geduldig zu, als er hervorsprudelte, was er gesehen und erkannt hatte. »Ob's stimmt oder ob's nicht stimmt«, sagte sie zu sich selbst, »das ist auf jeden Fall eine Geschichte, die der ›Ägypter‹ vom Himmel herabgeholt hat.«

Oft und oft hat der Esel die Geschichte erzählen müssen. Tage später kam das

Füllen zurück. Es hatte die Fessel zerrissen, und ein Stück des Strickes baumelte noch an seinem Hals. Das Füllen bestätigte alles, was der Esel gesagt hatte. Da glaubte selbst die Eselin, daß der »Ägypter« kein Träumer war.

Wenig später ging die schreckliche Nachricht um, Jesus sei getötet worden. Auf Golgata habe man ihn gekreuzigt. Dreimal sei er auf dem Kreuzweg unter dem Balken zusammengebrochen.

Der Esel wurde traurig. Wie oft hatte er für Josef schweres Holz geschleppt!

»Ich hätte ihm die Last von der Schulter genommen«, jammerte er, und es tat ihm leid, daß er seine Tage mit Geschichten verbracht hatte und nicht den Spuren des Königs gefolgt war. Er ließ nicht nach, sich zu erkundigen, wo man Jesus begraben hatte. Er lief auf Jerusalem zu. Endlich fand er die Grabstätte. Das neue

Grab wurde von römischen Soldaten bewacht, und ein großer Stein war vor die Öffnung gewälzt worden.

Der Esel legte sich nieder, er fraß nicht, er trank nicht. Er trauerte Stunde um Stunde bis in die Nacht hinein. Kurz vor dem Morgen hörte er das Klingen, sah er das Licht. Die Soldaten stürzten wie tot zu Boden.

Diesmal werde ich die Augen nicht schließen, nahm sich der Esel fest vor. Der Stein wurde weggerollt. Hervor trat der, den er kannte. Das Licht blendete den Esel, aber er senkte die Lider nicht und schaute und schaute.

Er fühlte und sah, was da vor sich ging. Da trat der hervor, der den Tod bezwungen hatte; der den Menschen ein Retter war; auf den Mensch und Tier, auf den die ganze Schöpfung mit großer Sehnsucht wartete.

Der Esel wußte nicht, wie lange er dort gestanden hatte. Er kam erst wieder zu sich, als ein Gärtner ihn beim Ohr faßte und zu seinem Gefährten hinüberrief: »Hier, ein alter Esel. Vielleicht kann er uns noch nützlich sein.«

Da trat der andere Gärtner hinzu, betrachtete den Esel genau und sagte: »Sieh doch hin, schau seine Augen an. Er ist alt und blind. So einen können wir nicht gebrauchen.«

Sie jagten den Esel fort von jenem Ort. Er irrte umher. Nichts mehr konnte er sehen. Schließlich spürte er den Schatten eines Baumes und roch, daß es ein Ölbaum war. Dort fand ihn am folgenden Tag ein Arbeiter.

»Seltsam«, sagte der Mann. »Er war blind. Aber selbst im Tod hält er den Kopf nach oben gereckt. Als ob er den Himmel offen sieht.«